おまもり

銀色夏生

こんにちは！

私は今、家と庭と畑という小さな空間を「この世の中の秘密の隠れ家」と見立てて、静かに、忙しくすごしています。そういう中で時々、ハッと閃くことがあり、それにしたがって行動しています。この「おまもり」という本も、数か月前に「おまもりのような本を作りたい」とハッと思いたちました。おまもりを形にしたような本。本の形のおまもり。私の好きな場所や風景、作ったもの、持っているものの中で、直感的に「これ！」と思ったものを集め、それを見て閃いた言葉を添えました。

私が思うおまもり的なものとは、それによって力をもらい、気分が軽くなるものです。明るく前向きで、崇高さや希望、安心感、自分を引き上げてくれる、みたいな。

そういう思いを込めたので、それが伝わる人に届けばいいなと思います。

だれかの力になりますように。

と、ここまで書いてきて、私にとってこのようなものが身の回りにあるように、だれにとってもこのようなものがあるのだろうと思い至りました。

それを見て力づけられるもの、それがおまもり。

銀色夏生

小さく
ただよう

いつか見たひまわり。花びらが半透明で幻想的でした。

孤独を好む
一匹狼

孤独とは何か
と考えこむ
一匹狼

妙に
人づきあいのいい
一匹狼

大きな紙に古い漢字を書きました。左が「明」、右が「星」。

そのままのあなたでいれば

まわりの方が変わっていくでしょう

そのままでいて下さい

下を見ながら歩いていたら石のタイルのすき間が十字架に見えました。

自分の夢を邪魔する人
から離れよう
その邪魔を近い人ほど
してくる　無意識にしてくる
無邪気な顔をして
してくる

ある日、見かけたぬいぐるみ。探せず、あきらめきれず、絵に描きました。

空にあると
気づく伝言

アメリカのセドナの空で見た雲。丸っぽくぼんやりとしていて、不思議に心惹かれました。

ゆかったところから
許していく

お祭りの日に買った藻玉が気に入って、取り寄せました。毎日、磨いています。

喝！

どこかの町を歩いていた時に出会った狛犬。頼もしさを感じました。

悲しいのは人々がそこをわかってないって
こと。みんなの望みと自分の選択
のあいだで葛藤がおこる。
でもたぶんこういうことはよくあることで
ずっと昔からあったこと。だから
私にできることは私がするべきことを
あきらめないこと。それにともなう
ちょっとした気まずさをがまんする
こと。

時間がたてはあきらかになる
私のやっていることがみんなの望みと
違ってなかったことが。

信じるとはそう
いうこと。いつか
あきらかになると信じる
こと。それに基づいて行動していれば
いつかそれさえもどうでもよくなる。

9月の庭に咲いていた花。

見守るもの
見送るもの

うちの庭をよく横切る猫。仕事部屋の外からこっちを見ています。

スリランカで拾った。仏陀が悟りを開いた菩提樹の子孫とのこと。

同じ時代に
共にいると
いうこと

ある日、何かがとても光ってる、と思って近づいてみると、ブルースターの種でした。

怒るのが好きな人は
いつも怒っている
悲しいのが好きな人は
いつも悲しがっている
うれしいのが好きな人は
いつもうれしがっている
そういうこと

屋久杉の店で見つけた小さな置き物。気に入って2度行き、1個ずつ買いました。

もしかするとこれが
最後かもしれない
けど、
それはたいしたこと
じゃない

深大寺城跡。点々と置かれた四角い石が教室の机のように見えました。

人間に対して、絶望するほど
嫌になることもあれば 驚くほど
感動することもある
いろんな人がいるよね…
好きな人も苦手な人もいる 好きな人
きらいな人、人、人、人、自分、人、
人、あなた、人、人、人、私、人、人、だれか、
空から見たら、みんなたいして違わない
似たようなものだろう

拾った石に目を描き入れました。するととたんに命が宿り、個性が生まれた気がしました。

じっくりと
見守っております

川原から拾ってきた流木。陽にさらされて白くなり、絵本の中の太陽のようです。

やぁ
風が 弱い心に
しみこむよ

やぁ
僕ら
似てるね

ヤマモモの木。この下のジンジャーリリーの匂いを嗅いで、ふと見上げたらこの顔。

どこにいても
その視点で
ものごとを見るから
大丈夫

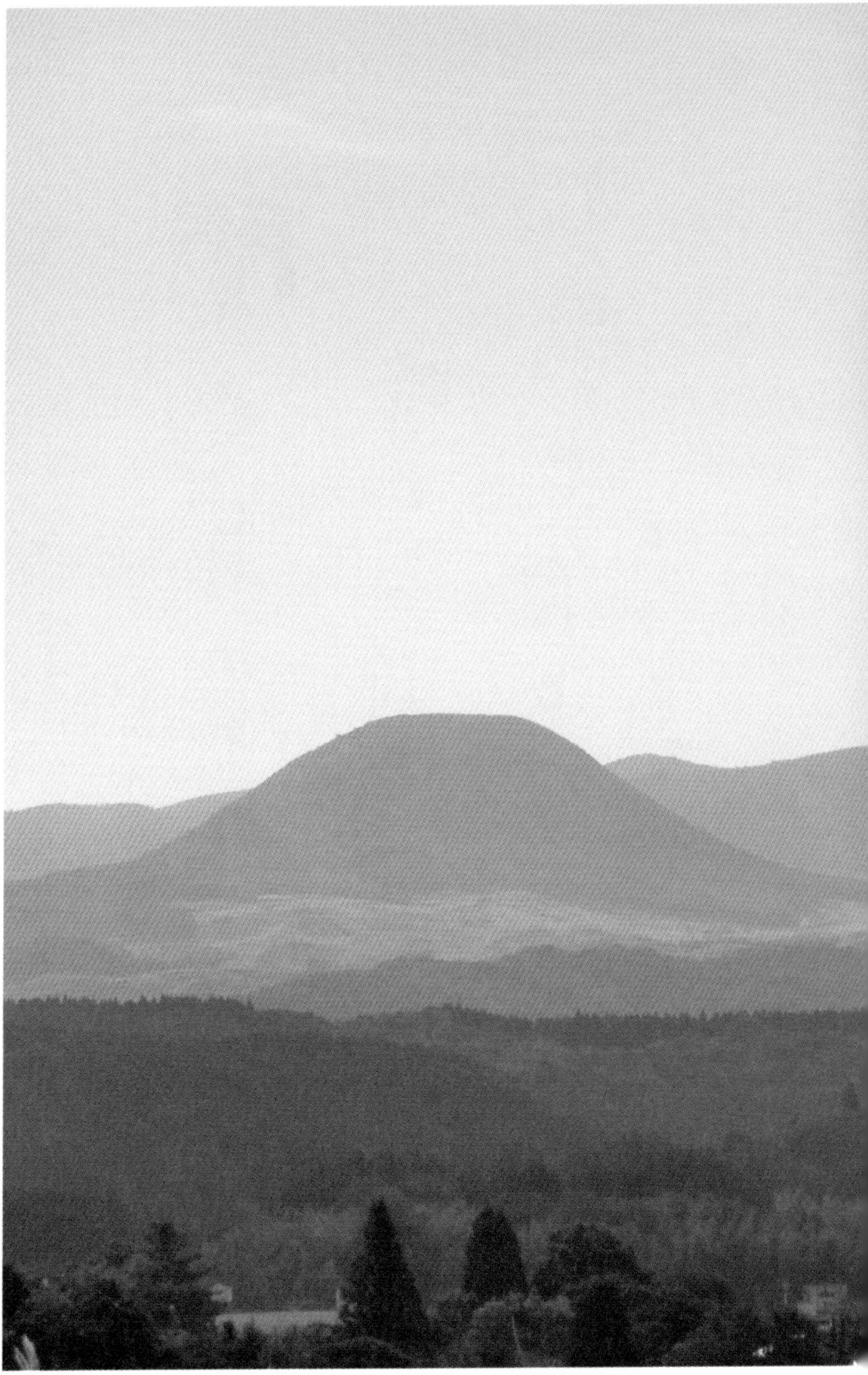

近くにあるお椀を伏せたような形の山。車の中からいつも見ています。

聞く耳がもてる
時というのがあって、
その時がこないとなかなか
聞いてくれないよね

この窓からどうしても赤い花が見たくて、酔芙蓉を植えました。

過去の失敗やはずかしかったことを思い出して気が沈んでいた。でもしばらくたったら、30分ぐらいしたら、他のことを考えていた。

熊本県、幣立神宮の木彫りの龍。お腹のくるくるとした渦に心惹かれました。

極限まで愛用した瓶のふた開け。なんとなく上の龍に似ていると思いました。

30分待てば、
あんがい忘れる

私の定位置から見える猫などの植木鉢。私をじっと見ているような角度に置きました。

私が前に、とてもつらいことが
あった時、3ヶ月だけ待って
みようと思って、3ヶ月すぎた
ら、かなり立ち直っていた。その時
の「3ヶ月」に助けられましたと、その後
たくさんの人から言われた。

ニュージーランドの小さな琥珀博物館で見た琥珀。べっこう飴みたいです。

琥珀が好きです。樹脂っていうところが。右端にちょっと見える先住民の胸像もいい感じ。

大きいことは3ヶ月、
小さいことは30分、
時がすぎるのを待とう。

いつも行くガソリンスタンドで運転席から見える景色。季節の変化がわかります。

静かに　おだやかに
忙しく

と胸に誓うように
生きる

庭の鬼百合の花。夏空にくっきり。

自由とは
好きなことに
集中すること

アメリカのセドナで見たガラスの中のキリスト像。

輝きに、気づく時も
あるし、
気づかない時もある。
きれい、ふつう、
見えない、見ない。

湖面に輝く光。星が散らばるような光。

邪魔しないように
ここにいますね

この本のために作った紙粘土の像。おまもりの心で。

自分独特の
いごこちの悪さに敏感に
ささいな違和感を
大切に

そこにヒントがある
そこに入り口がある　そこから戸は開く

京都のお店で出てきたお皿の模様。かわいい動物にみえました。

フライパンで焼いていたさつま芋に浮かび上がってきた宇宙人のような顔。

苦しいとしたら
どこかが…
おかしい

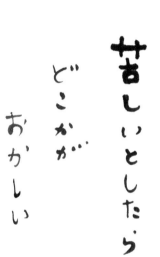

近所の小さな神社の犬。ブロックの上にお行儀よく。

側溝のグレーチングに挟まっている小石。これがとても好きです。

それ、今、
言おうとしてた

手作りのサンキャッチャーと川原を歩いた日。

人の持つ感情というものが
わずらわしくなると、
人類と近づきすぎた、
すこし人間からはなれよう。
と思う。

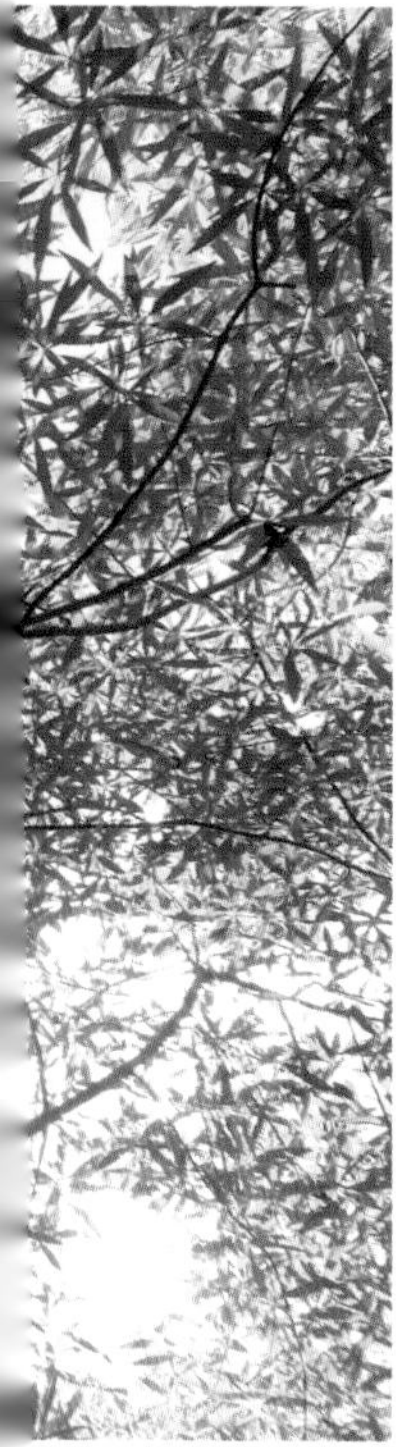

庭のセイヨウニンジンボク。この葉の匂いが好きだけど育つ勢いがすごい。

見えている範囲がちがうと
「筋を通す」の
筋の方向が
そもそもちがうんだ

うちの神棚的な棚。はにわ、ひょうたん、木の輪切り、犬の顔に見えるディルの種など。

しあわせは、なるものでなく

（しあわせで）あるもの

それに近づくほど

そのことを考えなくなる

雪に描いた猫。

冷蔵庫の扉のクマのマグネット。

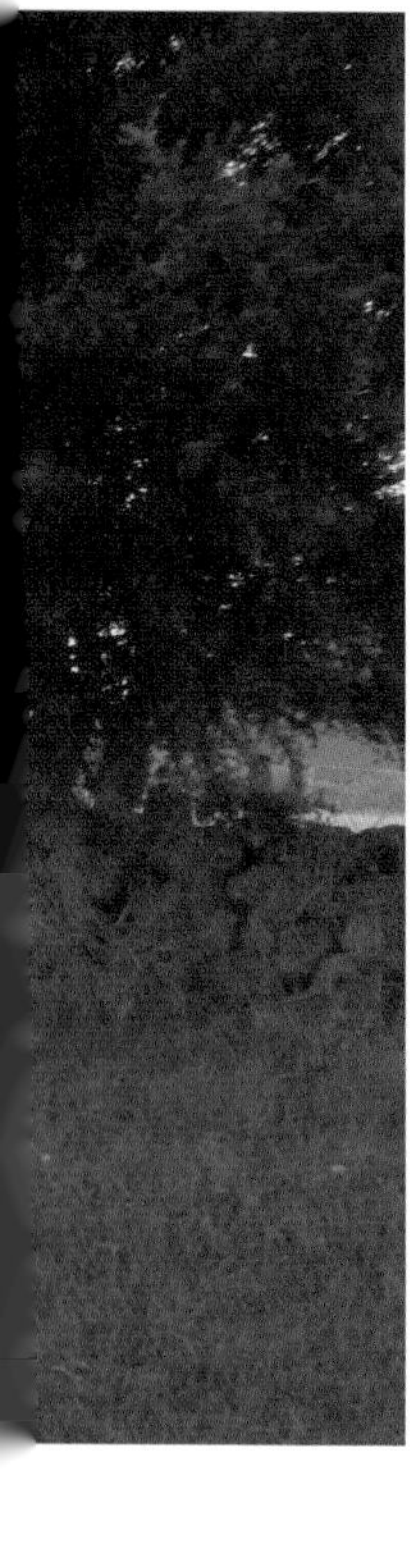

光を見ている人を通して
その光を見る

幻冬舎文庫 1月の新刊

幻冬舎文庫は毎月10日ごろ発売!

©益田ミリ
2024.01

外科医、島へ 泣くな研修医6

中山祐次郎

シリーズ累計57万部突破!
命をめぐる若き医師のドラマ。

東京でなら助けられる命が、ここでは助けられない――。半年の任期で離島の診療所に派遣された雨野隆治は、島の医療の現実に直面し、己の未熟さを思い知る。現役外科医による人気シリーズ第六弾。

書き下ろし

693円

ひどく胸がせいせいしたよ

数か月前に「おまもりのような本を作りたい」とハッと思いたちました。おまもりを形にしたような本。本の形のおまもり。だれかの力になりますように。(「はじめに」より)

書き下ろし

693円

ミス・パーフェクトが行く!

横関 大

真波莉子はキャリア官僚。「その問題、私が解決いたします」が口癖の人呼んでミス・パーフェクト。ある日、総理大臣の隠し子だとバレて霞が関を去ることになるが――。痛快爽快! 世直しエンタメミステリ。

957円

空にピース

藤岡陽子

先生とは、なんて幸せな仕事なのだろう。

公立小学校に新しく赴任したひかりは衝撃を受ける。ウサギをいじめて楽しそうなマーク、ボロボロの身なりで給食の時間だけ現れる大河、日本語が読めないグエン。新米教師に降りかかる困難と、子らとの絆を描く感動作。

913円

女盛りはモヤモヤ盛り

内館牧子

何気ない日常のふとした違和感をすくい上げ、歯に衣着せぬ物言いでズバッと切り込む。内館節全開でおくる、忖度なしの痛快エッセイ七十五編。

オリジナル

913円

［新装版］血と骨（上・下）

梁石日《ヤン・ソギル》

敗戦後の混乱の中、金俊平は蒲鉾工場を立ち上げ、大成功した。妾も作るが、半年間の闘病生活を強いられ、工場を閉鎖し高利貸しに転身する。それは絶頂にして奈落への疾走の始まりだった。山本周五郎賞受賞作。

各869円

石原慎太郎
［待望の文庫化 同時刊行］

宿命《リベンジ》

父の死を殺人と信じて疑わない兄弟が決行した「仇討ち」の哀しくも美しい結末とは？著者渾身、最後のハードボイルド全二編!!

693円

「私」という男の生涯

迫りくる死を凝視して、どうしても残したかった我が人生の真実。「自分と妻」の死

869円

旅ノート 47都道府県ぜんぶ行ってみよう

旅のお供編集部

旅に持っていくもよし、振り返って書くもよし。47都道府県分の記録を書き込めるノートです。

好評既刊

550円

2月8日（木）発売予定！

- ルーヴル美術館の天才修復士 コンサバターⅣ　一色さゆり
- 女盛りはハラハラ盛り　内館牧子
- なんちゃってホットサンド　小川 糸
- パリのキッチンで四角いバゲットを焼きながら　中島たい子
- ヘイケイ日記　花房観音
- 世界でいちばん私がカワイイ　ブリアナ・ギガンテ
- 子のない夫婦とネコ　群ようこ

表示の価格はすべて税込価格です。

幻冬舎 〒151-0051 東京都渋谷区千駄ヶ谷4-9-7 Tel.03-5411-6222 Fax.03-5411-6233
幻冬舎ホームページアドレス https://www.gentosha.co.jp/

ニュージーランドで。早朝、日の出を見つめるツアー仲間たち。なんともかわいらしい。

えらそうに
言う
人が
かなしい

ある日、川原で見つけたパンに見える石。

こちらはミニバゲットと千切ったカケラみたい。長さ10センチ。

失敗はない　挫折はない
成功もない
ふりかえるとすべてが
まっすぐに並んだ1本の道
どの人の道も同じただの
1本の道

宮崎市、はにわ園。うっそうとした森の中にはにわがじっと静かに佇む。

ともだちが
遠くから
手をふっています

素朴な手作りの小さなダックスフンド。つい買ってしまいました。

言いだしたことが
よかったのか　悪かったのか
いずれにせよ
なるように
なるだろう

銀粘土キットで作った銀のペンダント。顔がしわしわ。LOVEの文字入り。

道端に散っていた花。よくみるとあちこちにきれいなものはあります。

しょせん
なるようにしかならない
そう思えれば
心は軽い

庭の紫陽花。この透明感のある青い色が大好きです。

バランスをとること
自分と外のバランス
がとれると
スーッとおさまる

ネパールの青空市場で買った祭事用の素焼きの象。服でぐるぐる巻きにして持ち帰った。

わかる!
と
言われても…

半紙に試し書きした空の字。パンダに見えてきて、捨てるのが忍びなく。

静かにじっとして
まわりに注意を向ける
かぎりなく遠くまで

お地蔵さんというか、神様というか、神妙な気持ちで作りました。

心が安定して
きたら
口数が少なく
なった

仕事机の前の壁。ここに、忘れてはいけない大事な言葉、大事な切れはし。

「ハイッ！それ、私、
やりまーす」
とみんなが言う
（パッと言える）
世界に行きたい

線路わきのコスモス。黄色のが好きで、種を庭に蒔きました。そして、咲きました。

象徴としてとらえる
なら、
この世のすべてが
見飽きない

どこかの家の前に置かれた植木鉢。犬のきょとんとした目が印象的でした。

大井川の近くの町。ふと立ち寄った和菓子屋のおせんべい。この薄さ。

美しい考えが浮かぶ時、
心の中で
何が起きているのだろう

私が心酔するフラクタル構造。その例としてよくとりあげられるシダの葉。

うつむいて、心細く
していても、
そこで終わりじゃない

と思う

私の描く絵に似ているとお土産にいただいた起き上がりこぼし。左右は当時好きだった石。

毎日 変わっている気が
するので、きのうの
自分も 遠く思える

本のカバー用に作った段ボールの猫。退屈、退屈、言うので、こっちの退屈を忘れます。

ストップ!
その話はもういいよ

台所の棚。食べておいしかったものの生産者シールを大切に保管しています。

庭の菊コーナー。切り株につまずかないように石をのせていたらまるでお地蔵さん。

言いたいことって
そんなに
たくさんは
ないね

ディスプレイ用に作ったお米のフィギュア。緩衝材の発泡スチロールをお米に見立てる。

迷ったら、ただ、
今しかできないことをすればいい。
自分にできることをすればいい。
できないことはしなくていい。
それは　それをできる人がしてくれる。

バスの中からチラッと見かけたこの像を何年もかけて探した。新潟県の廃校でした。

ひらめきの
素

その校庭のすみにこの石像も発見。なんともやさしい笑顔。

だれかに守ってもらうのでなく
自分で自分を守ろう

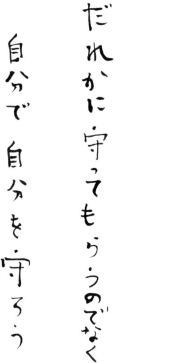

近くにある湧き水の池。怖いほど細い道を通って行きます。

はい。
とは、言えない
ごめんなさい
はいと言いません

細い細い月を空に見つけるといつもうれしい。

自分の好きなものを
身のまわりに置く
ようにと言われ
たんです

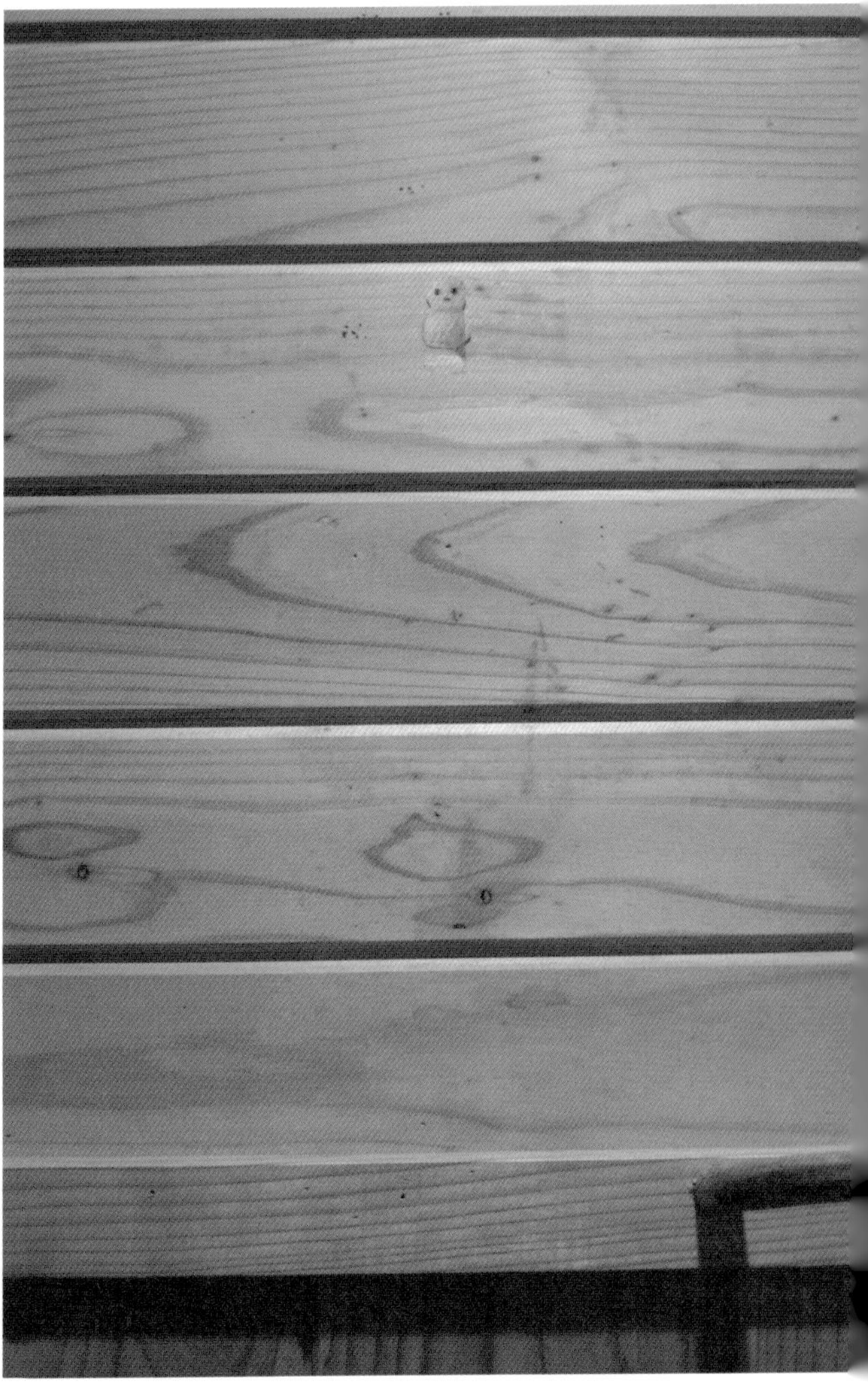

一時期いろんな切り抜きを貼りつけていた壁。これだけどうしても捨てられず。

そうすれば
力が出るって

お絵描き動画を録っていた頃の絵。何になるかなと見ていると猫や木になりました。

筆を持つと、何かが生まれでる。何も考えていなくても。

小さなことほど　あきらめない
いい人だからといって
流されない

足元の草に朝露。目に入ると、しばらくじっと観察してしまいます。

あなたの存在そのものが、
まわりの人を誇らしくさせ、
安心させる。
そういう人になって下さい。

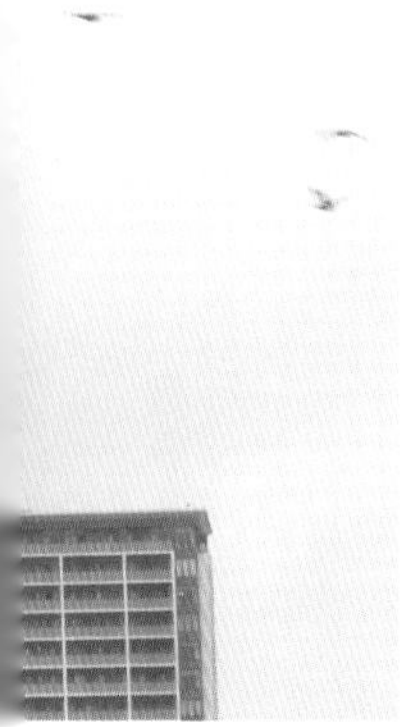

灰色の空を移動する鳥たち。音符をえがくように飛んでゆく。そのメロディ。

去られて
かえって
胸がすく思い

ずっと前に作った素焼きのフック。壁に貼りつけて、耳に引っかける。

崇高なもの

と

そこへ向かう道すじ

蓮の花が咲く時の音を聞こうと早朝、不忍池へ（聞けなかった）。

みんながまあまあ
しあわせでありますように
人は人だし　自分は自分
そして
また会えるよろこび
すごいよろこび

毎日行く温泉の駐車場から見える堤防のベンチと2本の木。つい、見てしまう。

素直さにおどろいた

これほど強力なものってないね

近くの公園で咲いていた白とピンクのツツジ。机のような形。なぜかとても好きな写真。

風が吹いて
ひどく胸が
せいせいしたよ

思い出す
たびに
なんか
やさしい
気持ちに
なるよ